騎著駱駝逛大唐

文◇王文華
圖◯林廉恩
審訂／臺灣大學歷史系名譽教授　高明士

楔子——你可能不知道的可能小學

在可能小學裡，沒有不可能的事。

例如，可能小學位於捷運動物園站的下一站。

動物園已經是最後一站了，還有下一站嗎？

當然有。

「可能小學站」才是貨真價實的終點站，一般遊客們不知道。他們只急著在動物園站下車，趕著去看長頸鹿和大象，卻沒注意到車廂裡還有一群小朋友，神情興奮，想趕快去上學呢。

因為，可能小學裡的每一節課都精采得不得了。

其他的小學生在課本上讀火箭的原理，可能小學直接在操場上發射火箭。

其他的小學生在作業簿裡算數學，可能小學的大門就是個盡責與富有想像力的數學老師，只有解開大門出的題目，校門才會打開。

其他的小學生想觀察北極熊——嗯，那是不可能的事。

但是，可能小學卻有辦法在某個星期三下午，讓校園下起雪來。

漫天白雪，下了三個小時。

三個小時後，操場上，出現一隻北極熊追著一隻企鵝跑。

北極的熊，南極的企鵝，在可能小學才可能同時看到。這麼有趣的學校，卻在最近找來一名上課平凡無奇的玄章老師，讓學生上課上得昏昏欲睡。

這麼無趣的老師，在教到兵馬俑時，終於想到該做點特別的事：他辦了一場兵馬俑特展。

喜歡模型的謝平安、熱愛學習的愛佳芬，被特展上的模型拉進秦朝，回到位於秦皇陵的兵馬俑製造工廠。

陳勝王的軍隊，埋伏在秦皇陵外；駐守皇陵的歪鼻子將軍，帶著奴隸迎戰。大戰開打後，陳勝王的軍隊攻進工廠，愛佳芬和謝平安也被幾個起義軍追殺。就在千鈞一髮之際，謝平安找到一把竹尺，靠著竹尺回到現代。

他們把經歷告訴玄章老師，老師卻不相信。

那接下來呢？接下來呢？

目錄

人物介紹

玄章老師

「可能小學」新聘的社會老師，來歷不明。應徵教職時，以一堂讓人終身難忘的社會課，讓校長當場決定聘用他。至於他試教的內容是什麼，沒有人能清楚的說出來。

只是，可能小學的孩子覺得他的課一聽就想睡覺。為什麼會這樣呢？等你來來判斷吧。

謝平安

可能小學四年一班的學生。父親是公務員，母親在百貨公司擔任櫥窗設計師。他喜歡美術課，熱愛電腦，國語成績也不錯。曾在參觀兵馬俑模型時，意外被帶回秦朝。後來又陸續經歷幾次很神奇的社會課，讓他從此對社會課改觀。

愛佳芬

可能小學四年一班的學生。腦筋靈活，喜歡冒險。打棒球時，總是搶著要擔任投手。她的志願是當一位攀岩教練。她和謝平安一樣，意外被帶回秦朝，幫助宮丙完成將軍俑；後來在遊覽日月潭玄奘寺時，又和謝平安回到唐朝的玉門關。

悟空和尚

唐朝人，原本在長安出家，後來流浪到玉門關，在破敗的西天禪寺住了下來。悟空和尚發願要重建西天禪寺，但是因為募款不易，所以兼任西天取經團的導遊，希望早日重修西天禪寺。

悟能與悟淨和尚

唐朝人，原為玉門關附近的地痞流氓，幾個月前遭到仇家與地下錢莊的追殺，不得已才剃髮出家。兩人目前擔任西天禪寺的副住持，負責抄經與搖鈴；只是小時候沒學好國語和音樂，常抄錯經文，搖錯節拍。

芙兒姑娘

二十三歲，體重六十五公斤，三圍各是四十、四十和四十，號稱「玉門關第一大美女」，以「到長安城參加選美大賽、變成貴妃」為終身目標。她只會跳肚皮波浪舞，不會任何樂器；她尖叫起來，可以震破玉門關所有的夜光杯。

岑參

三十五歲，留著小鬍子，是唐朝有名的邊塞詩人。在他前往安西上任的途中，遇到一場沙漠風暴，被謝平安和愛佳芬救出來。為了報答他們，岑參特別送給他們一個象鈴。

壹 玄奘寺

天空藍藍的，潭水藍藍的，露珠藍藍的，連青蛙也懶懶的。
山還在睡，天空還在睡，遊客還在睡，連潭水也在打瞌睡。

一輛老遊覽車打破這樣的寧靜。車子轟隆隆，吵醒了山，叫醒了水，吵得露珠滴醒青蛙，青蛙嚇得跳進潭裡。青蛙跳水的姿勢太難看，破壞了潭面的藍天；「撲通」的水聲，喚醒了樹上的蟬。

「餓了，餓了！」樹上的蟬叫。

「好棒，好棒！」車裡的學生說。

車裡是可能小學的學生。只有可能小學才會為了一節課，特別跑到日月潭。

因為，可能小學是一所什麼事都可能發生的學校嘛。

他們校長本來想把日月潭借到學校，但是學生們抗議，說要出來逛一逛。

校長想了不到一秒鐘：「這當然是可能的事啦！」於是，小朋友就搭著遊覽車到了日月潭。

車子停在玄奘寺外，這裡的天空很藍，白雲很軟。

帶隊的玄章老師教社會課，他平時看起來有點兒懶，但是，一進

入玄奘寺，他的眼睛亮了，聲音也變得很嚴肅。

「你們知道玄奘是誰嗎？」

愛佳芬的手舉得高，因為她事先就把導覽手冊看完了：「玄奘法師在西元六二七年，從中國長安去西天取經。」

「西天取經？那不是唐三藏嗎？」謝平安想起《西遊記》：「這裡也有孫悟空和豬八戒？」

玄章老師笑著搖搖頭：「那是小說。真實的玄奘法師是唐朝人，很小就出家了。他十三歲就能在眾人面前講述佛經。他還發現，當時各家各派的佛法解釋都不相同，為了印證內心的疑問，他立下志願，到天竺求取佛法的真義。」

「天竺？」謝平安問。

「就是印度！天竺是佛教起源的地方。玄奘法師一個人走過沙漠和高山，用十九年的時間帶回數千卷佛經，可以說是中國最早、最優秀的留學生。」

「用十九年時間去留學喔？」小朋友問

玄章老師眼裡閃著光芒：「除了去留學，更重要的是，他把天竺帶回來的佛經翻譯成中文，讓大家更容易親近佛法。如果不是他把佛經翻譯成中文，也許佛教不會有這麼深遠的影響呢。」

玄章老師只要一講到歷史，就滔滔不絕，但是，小朋友的注意力全在孫悟空身上。

「那，到底有沒有孫悟空？」

「孫悟空是後來的小說家創造的。走走走，我們去參觀參觀。」

玄章老師邊走邊講，小朋友邊走邊聽，走走停停，停停走走，隊伍拖得很長。

愛佳芬對什麼都有興趣，看到什麼都要仔細研究。

謝平安的嘴裡唸唸有詞，原來他在背唐詩，那是國語課老師出的作業。

逢入京使　唐　岑參

故園東望路漫漫，
雙袖龍鍾淚不乾。
馬上相逢無紙筆，
憑君傳語報平安。

不知不覺，兩人落到了隊伍最後頭。

在他們面前的玻璃櫃裡，有一小片頭蓋骨。

「這是……」愛佳芬把解說牌上的文字唸出來：「玄奘法師的頭蓋骨：本來藏在南京，後來被日本人拿走。二次世界大戰日本人戰敗後，才送到日月潭的玄奘寺。」

「頭蓋骨？」謝平安有點兒害怕，「是真的嗎？」

「解說牌上寫的嘛。」愛佳芬一轉頭，瞄見玻璃櫃上有個手掌大的鈴鐺。

鈴鐺好像是銅製的，上面雕著孔雀和牡丹的圖案；孔雀開著華麗的尾屏，和盛開的牡丹花相互輝映。

謝平安一向喜歡美麗的事物，他不背唐詩了，而是望著鈴鐺讚

嘆：「這個鈴鐺真美呀！」

愛佳芬也很好奇，伸手拿起鈴鐺瞧一瞧，「嗯，如果掛在我的書包上，一定很炫。」

她搖搖鈴鐺，鈴鐺沒有響。她再搖，很用力的搖，鈴鐺還是沒響。

「壞的。」愛佳芬氣呼呼的把鈴鐺放回玻璃櫃上。就在鈴鐺碰到玻璃櫃時，他們都聽到了：

鈴鈴鈴。

鈴鐺的聲音，清脆而有節奏的響起來。

鈴鈴鈴鈴。

超時空便利貼

玄奘的不可能任務

玄奘，俗姓陳，名禕。他生於西元六百年的唐朝，《西遊記》中的唐僧就是以他做為想像中主角的範本。

玄奘很聰明，十三歲出家後發現，當時佛教分成很多派，各派間對佛法的詮釋都不一樣。為了追求真理，他決定到佛教的發源地——天竺（現在的印度）去求法。

西元六二七年，玄奘從長安城出發，沿路經過西域十六國，穿越無人的死亡沙漠，爬過白雪皚皚的山頭。十九年後，終於從天竺帶回大量的佛經。

玄奘回到長安後，繼續翻譯佛經。這些印度佛經後來有許多都失傳了，而中譯本就成為後人研究古印度的重要文獻。

《西遊記》中，唐僧歷經八十一難；真實世界的玄奘取經，遇到的困難一定不只八十一種。他既沒有孫悟空的保護，又沒有龍馬可以騎，只能憑著堅毅的意志力，完成這不可能的任務。

南投縣日月潭的玄奘寺，是一座仿唐式建築，寺外牆上刻有玄奘西域遊行圖，並有三座碑文：左邊是中日親善紀念，中間是大唐玄奘法師傳記，右邊則是中日佛教親善交流紀念碑。

貳 三個和尚

除了鈴聲，那片頭蓋骨還發出刺眼的黃色光芒，亮得愛佳芬和謝平安用手遮著眼睛，再用力閉上。

不知道哪來的強風呼呼狂吼，在他們身邊嘶嘶旋轉。

玻璃櫃喀啦喀啦作響，好像有什麼東西要迸出來？謝平安覺得喉嚨好乾，雙腿發軟。

一陣天旋地轉，愛佳芬幾乎站不住腳。時間好像很短，又好像很長。直到風停止光消失好一陣子之後，愛佳芬才能睜開眼睛。這一看，不得了！她發現，這是個很奇怪的地方。

他們一定還在寺裡，因為眼前有三個大佛正莊嚴的望著他們。但是，他們一定不在玄奘寺。玄奘寺裡白花花的陽光不見了，窗外藍藍的潭水也不見了；光線變得暗暗的，佛前的燭光搖曳著。

「我們……我們好像又到了古代。」謝平安說。他身上穿著古人的衣服，本來的雙肩背包變成一個怪里怪氣的箱子。

「這好像是書箱嘛！」愛佳芬說。她記得玄奘寺前的壁畫上，玄奘法師就是背著這種箱子。

「謝平安，你真幸運！你竟然有個古董書箱，而且是和玄奘法師一樣的書箱！」

謝平安苦笑著說：「一點都不好。我問你，我們怎麼又回到古代來了？」

愛佳芬眼珠子轉了轉，說：「上回我們回到秦朝，是在碰到一根竹尺之後；這回，我們本來在日月潭，後來好像……好像是那個鈴鐺響了之後……」

「吼！誰叫你沒事拿鈴鐺亂搖，如果我們又遇到陳勝王的軍隊怎麼辦啦！」

「別怕，我覺得我們不像在秦朝。這裡沒有兵馬俑，也沒有那些士兵，我想應該也沒有陳勝王。」愛佳芬說完，想了想：「上次能回家是因為找到了竹尺，這次我們只要找到鈴鐺，說不定就能回去了。」

謝平安看看四周：「鈴鐺？去哪兒找呀？」

好像回應這句話似的，一陣鈴聲從隔壁傳來。

鈴鈴鈴。

鈴鈴鈴。

愛佳芬和謝平安躡手躡腳走出佛殿。殿外，是另一個大殿。這裡有窗戶，光線明亮多了。

大殿上，有三個年輕的和尚。一個在唸經，一個在抄經，還有一個在搖鈴。

看見兩人，三個和尚同時停下動作，同時起身，同時走過來。

「小施主，參觀佛寺嗎？歡迎歡迎。」三個和尚說。

「想掛單嗎？我們這兒有彌勒佛像陪你唷！」唸經的和尚說：「玄奘大師當年出玉門關，就曾日日向祂祈求呢！」

「掛單？」謝平安不懂。

「就是住宿啦，只要添點兒香油錢，住多久都沒關係。」唸經的和尚說。

「不然也可以打尖。」抄經的和尚說。

「打尖？」謝平安更不懂了。

「我們有最正宗的玄奘取經餐，供應五菜一湯的素齋，白飯免費吃到飽，只要添點兒香油錢。」抄經的和尚說：「包您吃完身強體健，和玄奘法師一樣厲害。」

「你也可以參加西天取經團。」搖鈴的和尚終於有機會說話了。

「取經團？」這回，換愛佳芬有疑問。

「就是和玄奘法師一樣，溜出玉門關到西天取經。我們提供專人伴遊，還有精挑細選過的駱駝、白馬當您的腳力。當然……」搖鈴的和尚扳著手指：「你們只要……」

「添點兒香油錢？」愛佳芬和謝平安異口同聲的說。

「對對對，添點兒香油錢。」三個和尚嘻皮笑臉的說。

「你們好愛錢喔！」愛佳芬說。

「施主呀，有錢走遍天下，無錢寸步難行。以前這裡只有我悟空和尚在，不管多少遊客來，香油錢全歸我保管。我有了錢，除了留一

點錢吃飯，剩下的還能幫佛像塑金身。」唸經的和尚說。

「你叫悟空？」謝平安大叫。

「是呀，後來悟能師弟來了。」他嘆了口氣：「香油錢一人分一半，日子只好將就著過去。」

「悟能？」愛佳芬看看白白胖胖的抄經和尚，不禁脫口而出：「你是豬八戒？」

「什麼豬八戒？出家人四大皆空，什麼都戒。」悟能和尚看了搖鈴和尚一眼：「我就是戒了全部的欲望，才長這麼胖。不過，悟淨師弟來了之後，再也不用戒了。」

「為什麼？」謝平安看他一副愁眉苦臉的樣子。

「多了悟淨師弟，香油錢分成三份，我們連蔬菜油都吃不起了。」

好日子不再嘍！」悟能和尚說。

「什麼好日子不再？我一來，大家分工合作，抄經唸經搖鈴，日子過得更輕鬆。」悟淨和尚反駁。

「多了一個和尚，就多了一個人來分香油錢。」悟能和尚皺著眉頭說。

「這叫有福同享，有難同當。」悟淨和尚說。

「好呀，那你慢慢當吧。今天兩個客人的香油錢，我們就按先來後到的順序分配：我和悟能師弟一人分一份，下回有三個客人來，你才有份。」悟空和尚酸溜溜的說。

「你說的是吐蕃話嗎，我怎麼聽不懂？是我先瞄到兩位小施主，既然是我搶先瞄到，香油錢當然先給我。」悟淨和尚不服氣的說。

「胡說八道，我在佛祖面前發誓，剛才我雖然低頭抄經，眼角餘光卻比你們早一步看到他們。」悟能和尚搶著說：「不然，我和你一人分一半，悟空師兄是大師兄，一向慈悲為懷，不會和我們爭的。」

「你們造反啦？我說按先後順序。」悟空和尚很生氣。

「誰先看到算誰的。」

「不……我說……」

三個和尚吵得很激烈，謝平安不知如何是好。他勸勸這個、拉拉那個，可是他愈勸他們吵得愈激烈，根本沒人聽他說話。

他還想說什麼，愛佳芬卻一把拉著他往外跑。

超時空便利貼

全世界最著名的背包客——玄奘

古代沒有火車、飛機可以直達西方，旅人往天竺旅行不僅要徒步，所有的日用品也要隨身攜帶。玄奘法師也不例外。我們可以從這張「玄奘取經圖」來研究玄奘的裝備。

玄奘背上的竹製背箱，設計符合人體工學。物品的裝填採「上重下輕」：佛經放在最上面，較輕的衣服放在底部。他的服裝是寬大的僧袍，在沙漠等炎熱地方，可以加速空氣流通，幫助汗水快速蒸發。

玄奘的背箱上有個大雨傘，既能擋雨又遮陽；最前方還有一盞頭燈，夜裡挑燈趕路，熬夜看佛經，都很方便。他腳上穿的鞋，有軟硬適中的鞋底，防止腳起水泡。綁腿能減輕腿部疼痛，還可防蚊蟲叮咬。

對了，注意到玄奘的腰上還有一個腰包嗎？可見當時的取經和我們現在出國旅行一樣，都會在腰前放個小包，把常用的文件、重要物品等放在裡面。

身為全世界最著名的「背包客」，玄奘穿戴這身裝備，翻山越嶺十九年，從天竺帶回大量的佛經。

參

玉門關第一大美女

「那三個和尚還在吵耶……」謝平安說。

愛佳芬卻說：「你注意聽嘛——」

鈴鈴，鈴鈴。

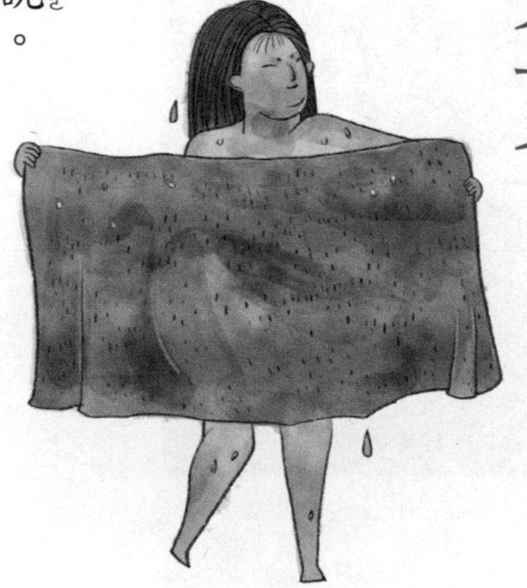

一陣鈴聲傳來。

「對對對，找鈴鐺！」謝平安想起這件最重要的事。

大殿外，是一條曲折狹窄卻熱鬧的街道。檀香、咖哩和動物的味道混雜在一起，奇特又怪異。這裡的人五官膚色都不太一樣，黑皮膚的、黃皮膚的、白皮膚的，全在一條街上；他們說起話來，各種腔調都有，謝平安伸長了耳朵，十句話裡有八句聽不懂。

除了人多，商店和攤販也很多。他們賣的東西琳瑯滿目，像是瓷土做的瓶子、盤子；絲織成的衣服；西瓜、哈密瓜、甜瓜和葡萄也不少；還有一張張地毯，沿著街邊掛著。不過，數量最多的應該是珍貴的珠寶和玉器，街道兩邊滿是販賣的小攤子。

「正宗波斯番紅花粉！」

「天竺藥材，只有我們這裡才有。」

叫賣吆喝的聲音此起彼落，甚至還有人在賣龍涎香，說那是龍的口水，可以治療各種病痛。

謝平安對龍涎香很有興趣，他想停下來研究看看，愛佳芬卻一直向前走。

「回家要緊。」她怕鈴聲停了，一手拉著謝平安，一手撥開人群，找縫隙

穿過去。他們鑽過幾張波斯地毯，穿過玉器攤，跳過幾簍瓜果，最後，被一匹黃馬擋住去路。

愛佳芬想都不想，直接從馬肚子下鑽過。謝平安想學她，沒想到那匹馬的尾巴掃到謝平安的鼻子，害他鼻子發癢，當場打了個大大的噴嚏。

「哈啾！」

這匹黃馬的膽子小，被嚇得往上騰跳，落下後就急急向前衝。這一衝，黃馬撞翻西瓜攤，大瓜小瓜滿地亂滾；牠

還踢倒賣珠寶的小攤子，祖母綠、和闐玉叮叮咚咚掉滿地。

街上的人急得大呼小叫：「拉好你的馬。」

「我的西瓜，我的甜瓜！」

「唉唷！我的天哪！」馬背上的馬主人也急得哇哇大叫：「快讓路呀，快讓路呀！」

街上人擠人，大家就算想讓路也沒地方讓。這時，有人伸出一根扁擔，想擋住黃馬，但是黃馬正跑得起勁，牠奮力向上一跳——可憐的馬主人，被馬這麼一顛，跌到地上。馬兒卻不停蹄，硬是跑出一條路，然後消失在路的盡頭，留下一片凌亂。

「為什麼會這樣？」損失慘重的珠寶小販瞪著馬主人。

「是誰打噴嚏，嚇跑了我的馬？」馬主人坐在地上，揉著屁股問。

「噴嚏？」眾人的眼光同時落在謝平安身上。謝平安兩手一攤，努力裝出一副無辜的樣子。沒想到，他的鼻子又癢了。

「哈啾！」

「就是你，你別跑！」大家狂喊。

謝平安緊張得不知如何是好，幸好身旁出現一隻手——那是愛佳芬的手。

她拉著謝平安：「快走！」

「我過敏嘛……」他還想解釋，人已經被拉著往前跑。

愛佳芬帶他迅速跑進路邊的酒樓，從大廳穿過廚房，跑到後巷。

謝平安雖然累得氣喘吁吁，也不敢停留。

跑哇跑哇，追兵的聲音漸漸聽不到了；跑哇跑哇，愛佳芬在巷口停下腳步。

謝平安擔心還有人追，他繼續跑過愛佳芬，還不忘回頭說：「快走吧，等一下他們追來就慘了。」

愛佳芬正彎腰喘氣，頭一抬，突然把嘴巴張得好大好大，兩手在空中比劃。

謝平安正想問她怎麼回事，沒想到一頭撞上一頂轎子。

兩個瘦巴巴的轎夫重心不穩，轎子就在一片驚叫聲中倒下。

兩個轎夫被壓在轎子底下直喊疼，跟在轎子旁的大叔卻急著掀開簾子問：「芙兒，小芙兒，有沒有怎樣？」

愛佳芬很生氣：「喂，你怎麼不先把轎夫拉起來？」

大叔不理她，回頭繼續好聲好氣的問：「芙兒，有沒有傷著了？」

轎子裡傳來一陣哭泣的聲音，那聲音真像山豬叫：「爹，人家……人家好疼呀！」

原來大叔是芙兒的父親，芙兒是大叔的女兒。過了一會兒，芙兒終於從轎子裡「擠」出來。

那是一位胖乎乎的姑娘，看起來比謝平安加愛佳芬還要重。她的頭髮梳得很高，臉上畫著很濃的妝，嘴唇塗得血紅，外加一張圓滾滾的臉；可是看她的年紀，應該跟他們差不多。

「有沒有傷著呀？」大叔繼續問。

芙兒一屁股坐上轎子頂放聲大哭：「疼呀，疼死了呀。」

大叔像是很怕她，對著她又是安慰又是揉捏了老半天。

很久很久之後，芙兒的哭聲這才漸漸小了。

很久很久很久之後，壓在轎底的轎夫，這才敢爬起來。

謝平安以為沒事了，正要離開，背上的書箱卻被人一把拉住。

「你……」大叔瞪著他：「竟然敢撞芙兒——你知道她是誰嗎？」

謝平安當然不知道，他理直氣壯的搖頭。

「她……她是玉門關第一大美女，明年要進京服侍皇上。」大叔說得很正經，不像在開玩笑。

超時空便利貼

偷渡玉門關

「黃河遠上白雲間，一片孤城萬仞山。羌笛何須怨楊柳，春風不度玉門關。」這是唐朝大詩人王之渙寫的〈涼州詞〉，詩中的玉門關，是進入絲路的必經關口。

玄奘當年想到天竺，官府卻禁止百姓出關。官府的禁令阻擋不了玄奘，他利用夜深人靜的時候出關，不幸的是，他被士兵發現，而後被送到校尉王祥面前。

王祥早就想見玄奘。他被玄奘西行的毅力感動，放了玄奘，並且指點他往西行的路線。因為有了王祥的幫助，玄奘才能順利出關。

玉門關外，就是莫賀延磧（現稱哈順沙漠），玄奘說這裡是「上無飛鳥，下無走獸，復無水草」的無人荒漠。他在這裡迷失了方向，找不到路標，水沒了，人也在沙漠裡昏倒。幸好一路相陪的老馬帶著他，找到一小片綠洲，他才得以脫離險境，繼續往西前進。

玉門關遺址。曾經是古絲綢之路，西出敦煌、進入西域的必經關口，如今僅存斷垣殘壁。

肆 身材胖胖加官早

大叔點點頭：「放眼整個玉門關，體重第一、美貌第一、跳舞第一、唱歌第一的大美女，就是我的芙兒。等她明年進了京，那就是全唐朝第一了。」

「這麼胖？」謝平安簡直不敢相信：「跟神豬……」

「你……」大叔氣得暴跳如雷：「唐朝最美的楊貴妃娘娘，你知道吧？」

謝平安很老實的搖頭，因為他確實不知道。

「當今皇上的愛妃——楊貴妃，她是唐朝第一大美女，你居然沒聽過？」

謝平安繼續搖頭。

「你不知道楊貴妃？你到底是哪裡人呀？連她都沒聽過？」大叔在一旁嘮叨：「貴妃娘娘的身材豐腴又可愛，跳起『霓裳羽衣舞』時，更是美得不得了，皇帝就是喜歡這種肉肉的感覺。自從她當上貴妃，楊家老老少少個個升官發財，所以……」

「尼尚雨衣舞？是尼姑和尚穿雨衣跳舞嗎？那又怎樣？」謝平安不解的問。

「什麼尼姑和尚的，唉，你真是不學無術呀。總而言之，現在全大唐的人都知道，『兒子不如女兒好，身材胖胖加官早』。」大叔驕傲的說：「大家都拚命想生胖女兒，再把她送進長安城獻給皇上。嘿嘿，只要皇上高興，麻雀飛上枝頭，那就成鳳凰了。」

「你……你是說，你要把女兒送進長安？」謝平安問。

「當然呀。」大叔牽起芙兒的手，芙兒一副羞答答的模樣。「只要有一天，她成了貴妃娘娘，我就是玄宗皇帝的岳丈，升官發財，指日可待。」

「那你……」謝平安回頭看看愛佳芬：「你這麼瘦，我看，只能當丫鬟。」

「她才十三歲耶，你簡直在販賣人口，怎麼可以把自己的女兒送來送去的？」愛佳芬很生氣。

「哼！你們撞翻芙兒的轎子，我看，男的當長工，女的當丫鬟，等芙兒進京後去服侍她！」

「好好好，爹，我要他！」芙兒一手指著謝平安，一手含情脈脈的拿起手巾遮在臉上說：「讓他陪我……陪我到後花園玩。」

「我？」謝平安嚇得目瞪口呆。

「死相！誰叫你撞到人家的轎子。」芙兒用肩膀輕碰謝平安，謝平安被她撞得往後一倒，愛佳芬趁這個時候，拉著他拔腿就跑：「快去找鈴鐺！」

「別跑呀！」芙兒大叫。

「來人呀，快把他們攔住！」大叔指揮轎夫。

兩個轎夫還在腳疼，一跛一跛的跑不快。愛佳芬是可能小學田徑三項全能，就算還要拉著謝平安，也跑得過兩個跛腳的轎夫。

況且，那兩個轎夫抬了一整天的「芙兒」，其實也已經沒什麼體力追了。

跑著跑著，轎夫停下腳步。

跑著跑著，愛佳芬聽見那陣熟悉的鈴聲，不疾不徐的沿著城牆傳過來。

城門上有城樓，城門口有軍隊把守，城門上題著……

「玉門關？」愛佳芬突然停了下來：「剛才大叔說芙兒是玉門關第一美女？」

「什麼事嘛……」謝平安差點兒又撞到她。

「你忘了嗎？玄奘法師就是避過玉門關的守衛，從這裡去西天取經的呀！」

「對呀，玉門關！」

從城門口望出去，是一望無際的黃色沙漠；遠方有白雪皚皚的山脈，在陽光下閃著光芒。

更棒的是，城門口還有一群駱駝，那陣熟悉的鈴聲，就是從牠們身上傳來的。

「鈴鐺！」愛佳芬雀躍的朝駱駝跑過去。

「什麼鈴鐺？」趕駱駝的大鬍子叔叔問。

謝平安伸出雙手比劃著：「我們在找這麼大的鈴鐺。」

「你說的是駝鈴嘛！」

「駝鈴？」

「對呀，在絲綢之路上行走，都會給駱駝掛駝鈴，一路走來，叮叮咚咚。絲綢之路少了駝鈴，多寂寞呀。不過……」

「不過什麼？」

「這麼大的駝鈴，只有天竺來的駱駝商隊才有，我們本地的駱駝不戴那麼大的鈴。」

「太好了，你可以帶我們去找嗎？」愛佳芬和謝平安興奮的問。

大鬍子還在遲疑，三張笑嘻嘻的臉卻擠著出現在他們面前。

「想找駝鈴，只要報名參加西天取經團就行了。」西天禪寺那三個年輕和尚全來了。

愛佳芬笑著說：「什麼西天取經團？」

「自從玄奘法師從西天取經回來後，聲名大噪；大家都想效法他，千里迢迢來到玉門關，希望為佛法盡一點兒心力。」悟空和尚說。

「只是西天路上風沙大、旅途遠，危險更是多得不得了。」悟能和尚說。

「我們只好因應大家的需要，提供最佳的玉門關取經導遊。」悟淨和尚說：「當然啦，我們有最強健的駱駝。」

「也有最好的解說……」三個和尚像在拍廣告：「行程中，每天提供一瓶乾淨的井水，而且保證全程沒有自費行程，不會帶你去亂買東西。」

悟空和尚還加上一句：「回來以後，玉門關守備王大人會親自發證書，證明你去西天取過經了。」

愛佳芬聽了有點兒心動：「這樣的行程要多久？」

「講到這個更精采了！我們準備多種行程任君選擇；如果你忙，可以參加當天往返的一日取經經濟遊。」悟能和尚說。

「我們還有三日豪華團，派專人帶你到高昌國一遊。」悟淨和尚說：「對了，還奉送一顆高昌哈密瓜當作紀念品。」

「如果你和玄奘法師一樣有心，決定用十九年去取經，我們也有私人保鏢保護你，有文武雙全的書僮陪伴你，還有賽馬會冠軍的馬匹和駱駝載著你。」悟空和尚催促著：「心動了嗎？想不想去？」

「可是，我們……我們沒錢。」愛佳芬說。

「沒錢？」三個和尚的嘴臉變了：「唉呀，早說嘛，走了，走了，我們回寺裡唸經抄經和搖鈴。」

「等等。」謝平安記得今天早上出門前，媽媽給他幾百塊，他把錢放在書包裡。

原來的書包已經變成書箱，那麼，他原來的零用錢……錢沒找到，他只從書箱裡掏出一堆碎銀子。

「唉呀，有銀子，那就好說話了。」三個和尚眉開眼笑：「走嘍，咱們去西天取經了。」

超時空便利貼

唐朝

唐朝是一個包容性強、國勢強盛、文化水準很高的時代。

唐朝的首都在長安。那時的長安城住了將近一百萬人，是當時世界上最大的都市。國勢鼎盛，讓唐朝特別能包容世界各國的文化。世界各國的人都想到長安，吸收唐朝的文化，然後把唐朝文化帶回自己的國家。於是，數不清的藝術家、商人、學者和僧侶都到長安居住、遊玩。

因為唐朝的繁盛，「唐」字被借用來指稱關於中國的一切，例如稱中國人為「唐人」；稱中國為「唐山」；稱中式服裝為「唐裝」。在國外都會有一條「唐人街」，是當地華裔人士的聚居地。

唐朝是個內涵豐富的朝代。有空時，不妨找點唐代的故事來讀，相信你也會喜歡它。

〈唐太宗立像〉。唐太宗實行一系列的開明政策和利國利民措施，成就歷史上少有的治世，後世譽為「貞觀之治」。

楊貴妃

楊貴妃，字玉環，被封為中國古代四大美女之一。據說她去花園賞花時，那些花兒自覺相形失色，都羞愧得合上花瓣呢。

楊貴妃從小能歌善舞，她原本是唐玄宗的媳婦，但是唐玄宗卻愛上她，於是想盡各種辦法，最後把她娶到手，封她為貴妃娘娘，從此人們大多稱她為楊貴妃。

楊貴妃喜歡吃荔枝，唐玄宗就不惜人力物力，在荔枝成熟的季節，千里迢迢的從南邊派快馬運送；即使是最酷熱的夏天，荔枝也能保持最新鮮的狀態。這快馬部隊幾乎是現代快遞公司的前身了。

被唐玄宗封為貴妃後，她的三個姊姊也都受封為夫人，連不學無術的堂兄也跟著當官，最後甚至當上宰相。

當時百姓都羨慕楊貴妃的際遇——唐玄宗重女輕男的程度，幾乎是歷史上的一頁傳奇。

唐朝受到太平盛世及楊貴妃的豐腴體型的影響，崇尚濃麗豐碩的美女。

小常識：中國古代四大美女是西施、貂蟬、王昭君和楊貴妃。

超時空便利貼

玄奘取經路線圖

我們現在看《西遊記》，知道玄奘法師去西天取經時，遇到重重難關，但在真實的歷史中，玄奘遇到的困難其實更多。

唐朝初期，規定人民不能私自出境，玄奘法師只能混在災民裡，偷偷出關，用現代話來說就是偷渡客了。當時也沒有飛機，沒有高鐵，一個人，一匹馬，從長安城往西去，是酷熱的塔克拉瑪干沙漠，是數不盡的危險山頭，究竟玄奘走過哪些地方呢？看看下圖，跟他來場紙上歷險吧！

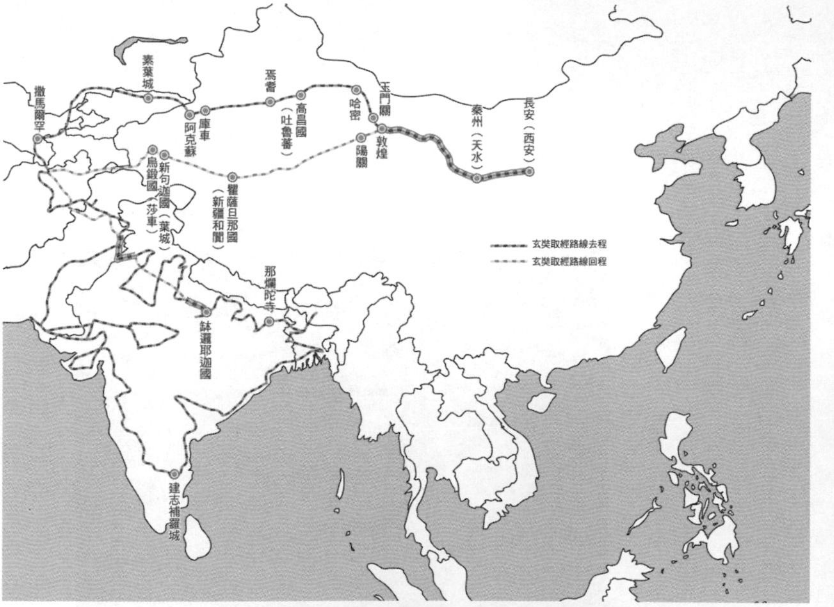

小說《西遊記》裡，西行對玄奘的主要威脅是各式想吃「唐僧肉」的妖魔鬼怪。而在真實的歷史中，他要面臨的則是一路綿亙千里的沙漠、萬丈壁立的高山、波濤洶湧的大江等來自嚴酷自然環境的考驗。

絲路是鋪著絲綢的路嗎？

絲路，是古代中西方交流的要道。絲路上，舉目望去沙海茫茫，經常朔風浩蕩，無邊無際的向四面八方延伸。

絲路是從中國古代的長安為中心點，向東經過朝鮮半島，到達日本；向西經過河西走廊到西域，然後翻越帕米爾高原，再貫穿中亞大陸各國。在唐朝，這條絲路還延伸到歐洲，讓當時世界上最強盛的兩大帝國——大唐帝國和東羅馬帝國——的經濟、文化交流成為可能的事。

有了絲路，中國生產的絲綢、瓷器、玉器可以送到西方世界，也把西方的酒、葡萄、地毯等物品送到中國。

玄奘去取經，馬可波羅來中國；佛教的藝術；西方的音樂；東方的羅盤和火藥，都是通過絲路，由叮叮咚咚的駝鈴伴著，這麼互相往來的呢！

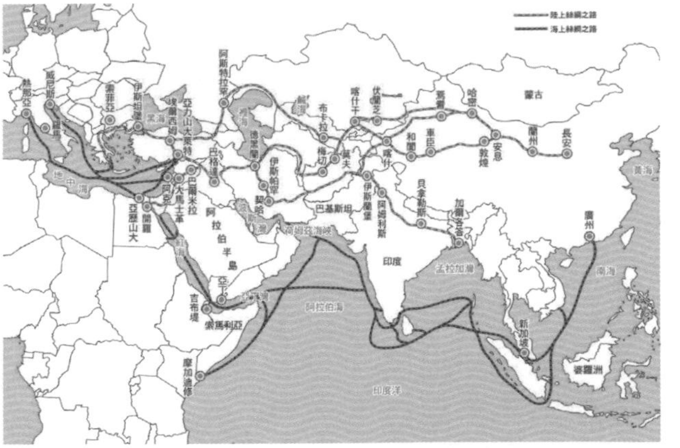

絲路不僅是古代絲綢貿易的商路，也是東西方之間政治、經濟、文化交流的重要橋梁。唐代是絲路繁榮暢通的頂峰，長安成為當時最繁華的國際都會。安史之亂後，大食（現在的阿拉伯）和唐朝關係十分密切，政治、經濟往來主要經由海上絲路，加速海上絲路的發展。

伍 西天取經一日遊

在和尚的推薦下，愛佳芬和謝平安選擇西天取經團的一日經濟遊行程。

這種一日遊很簡單，就是從玉門關到一個叫做瓠盧河口的地方。「當年，玄奘法師就是出了玉門關，渡過瓠盧河，然後朝西天去取經。」悟空和尚負責當嚮導，他說這個行程很輕鬆，一天就能來回。

「如果幸運，你們說不定能遇上天竺來的駱駝商隊。」他又補充。

駝鈴悠悠，他們騎著駱駝出了玉門關。

天空，是澈底的藍；白雲，是一朵也沒有。空氣乾燥，天氣炎熱。

謝平安回頭望望玉門關，它在黃沙藍天裡，顯得好孤單。

「為什麼我們要騎這匹老駱駝？玉門關裡的駱駝明明有很多呀！」愛佳芬很不滿意。

這匹駱駝，又老又瘦，好像隨時會倒下似的。愛佳芬和謝平安坐在牠身上，一路搖來晃去。

牽著駱駝的悟空和尚說：「我們就是要體會玄奘法師取經的過程嘛。他當年騎著一匹老紅馬去取經，後來遇上沙漠風暴，幸好那匹老馬救他一命，才能完成天竺取經的使命。你們參加的是取經團，當然也要體驗這種感覺。」

「你是說『老馬識途』嗎？這個成語我讀過。」愛佳芬還是氣呼呼的：「但是老馬識途指的是馬，不是這匹老得幾乎走不動的駱駝。」

悟空和尚不好意思的說：「我們寺裡窮嘛，買不起老馬。有匹老駱駝，也很棒呀！」

謝平安不敢說話。這是他第一次騎駱駝，他兩手緊抓著駝鞍，動也不敢動。

愛佳芬和謝平安從沒到過這麼荒涼的地方。除了藍色和黃色，偶爾才會出現一點點像爬蟲類般的黃色草叢；沒有樹，沒有河流，沒有房子，沒有道路，只有如波浪起伏的沙丘和數不清的石礫。

此外，藍天烈日下，每隔一段距離，就會出現一座一座的烽火臺。

泥土和石頭堆成的烽火臺，上面有士兵守衛。

悟空和尚說：「只要發現敵人，像是吐蕃的軍隊，臺上的士兵會馬上點燃烽火，一下子就可以把消息傳得很遠。」

愛佳芬看看牽駱駝的悟空和尚，她挺享受這種感覺：「真像玄奘出遊，還有悟空牽馬，哈哈哈。」

「你在說什麼呀？」悟空和尚問。

「你沒讀過《西遊記》嗎？」

「《西遊記》？那是佛經嗎？我只讀過《西域記》，那是玄奘法師回到大唐後寫的書。」悟空和尚邊走邊說。

太陽的威力愈來愈強。

一向樂觀的愛佳芬，也開始抱怨：「喔！天哪，我想念冰可樂。」

「講到可樂，我好渴喔！」謝平安咂著嘴巴：「有水嗎？」

悟空和尚遞了個皮袋子過來：「省著點喝，我們雖然離綠洲不遠，但在沙漠裡，誰知道會遇上什麼事呢？」

皮袋裡的水，溫溫的、鹹鹹的。

「這是哪裡的水呀，這麼難喝？」

「難喝？玉門關附近的水就是這樣，內陸河嘛。可是，如果你在沙漠裡迷路了，你會願意拿黃金來買它，但我保證你一定買不到。」

悟空和尚說得沒錯。大家愈走愈渴，但是皮袋只有一個，誰多喝一口，別人就得少喝。謝平安得控制自己把水一次灌個過癮的念頭。

他們走了一段長長的路，經過許多的沙丘，終於來到瓠盧河口。

聽說幾十年前，這裡還是一條河，現在河床乾枯了，只剩下一個小水潭。水潭邊有幾棵梧桐樹，樹旁只剩一堵土牆；土牆邊，有一群駱駝。

「你們真幸運，碰上了駱駝商隊。」悟空和尚笑著說。

「他們是從天竺來的嗎？」愛佳芬歡呼著跑向駱駝：「不知道他們有沒有那種駝鈴？」

「小心一點，這些年輕的駱駝脾氣大得很，你惹牠生氣，牠會吐你口水喔！」悟空和尚說。

這些話擋不住愛佳芬的好奇心。倒是謝平安怕了，緊緊挨著愛佳芬，兩腳做好隨時逃走的準備。

駱駝們正在低頭喝水，牠們脖子上的鬃毛很長，像獅子一樣。

一開始先舔舔水，仰起脖子，在口中咂一咂，似乎接受了水的味

道，這才低下頭，大口大口的歡飲著。

牠們喝得高興，掛在身上的駝鈴就這麼叮咚叮咚響著。

愛佳芬拉著駝鈴：「真的耶，牠們身上的駝鈴就是這麼大！」

「快搖吧，我好想家喔！」謝平安催著。

叮鈴！叮鈴！

駝鈴發出一陣清脆的聲音。

駝鈴響了一陣子，藍天黃沙綠樹駱駝，什麼都沒變。

「怎麼會這樣？」愛佳芬覺得很懊惱。

「或許你搖的方法不對，我來。」謝平安說。

叮鈴叮鈴叮鈴叮叮叮。

駝鈴再次發出清脆的聲響。

他們又等了一陣子，可是，藍天黃沙綠樹駱駝沒變，他們還是在綠洲裡。

愛佳芬看看駝鈴。

「這些駝鈴沒有牡丹的圖案。」她說。

他們跑向另一隻駱駝。

「這隻的也沒有。」

愛佳芬和謝平安對望一眼，分頭把十幾隻駱駝的駝鈴全找過一遍。沒有，每一隻駱駝身上的駝鈴都沒有圖案。

他們的動作引起駱駝商人的注意，這會兒商人全站了起來，朝著他們比手劃腳，大聲咆哮。

「我們不是在欺負你們的駱駝。」謝平安急著說。

「對，我們只是在看駝鈴。」愛佳芬也往後退了一步。

商人的表情全都變了。他們衝了過來，嘴裡嘰哩呱啦的說著。

「我們……」愛佳芬和謝平安還在說話，商人們卻直接跑過他們身邊，連停都沒停，拉著駱駝就跑。

「有這麼誇張嗎？我們只是看看駝鈴而已，沒有要偷你們的駱駝。」愛佳芬仍想解釋。

悟空和尚卻跑過來，衝著他們大叫：「快跑。」

「為什麼？」

悟空和尚指了指後面。

那片黃色沙丘的盡頭，不知道什麼時候，被烏雲完全籠罩。

超時空便利貼

西遊記和大唐西域記

玄奘取經回國後，當時的皇帝唐太宗接見他，要他把取經過程寫下來。於是，玄奘除了翻譯佛經之外，還用口述的方式，由他的弟子辯機寫下他到天竺取經，路過一百八十三國的歷史與風土民情，這就是《大唐西域記》的由來。

《西遊記》是明朝吳承恩寫的，是關於唐三藏去西天取經的故事。它的內容取材自《大唐西域記》，卻多了猴精孫悟空、豬八戒和河童沙悟淨陪伴。唐三藏師徒歷經九九八十一難，吃盡苦頭，最後也成功的取回經書。《西遊記》裡，許多奇怪的國家和情節，靈感也來自《大唐西域記》。

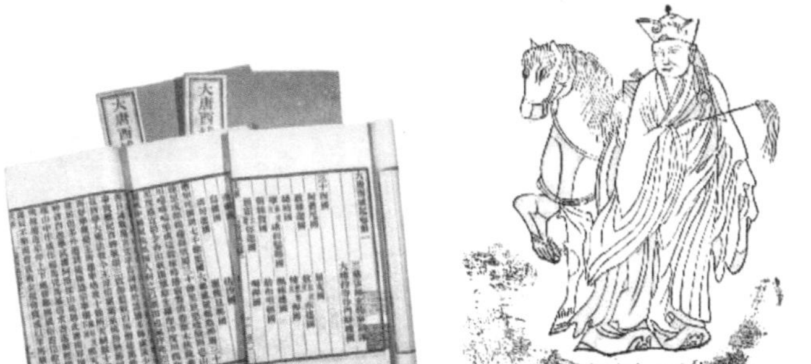

約十二萬字的《大唐西域記》，總共記載當時西域近一百四十個國家的自然景觀、風物勝跡。想要了解古代和七世紀前的印度，想要知道古代西域各國的風俗、信仰、語言、文化與經濟商旅實況，都要靠它。

陸 沙漠風暴

天邊出現一團團黑色的雲，慢慢的向綠洲逼近。

「那是什麼？」謝平安問：「是要下雨了嗎？真希望下一場大雨，把炎熱的空氣洗得涼快點。」

「快跟我來，那是沙漠風暴，碰上它就沒命了。」悟空和尚拉著愛佳芬和謝平安，衝到那堵土牆後頭，背抵著牆，神色極為緊張。

從認識以來，愛佳芬還是第一次看到他這麼恐慌。

駱駝商人們此時都坐在牆下。他們用布蒙著臉，有的人雙手向天祈禱，有的人低頭合掌喃喃自語，人人面色凝重，極為嚴肅。

只有駱駝安靜的伏在地上，動也不動。悟空和尚說，駱駝的眼睫毛長，不怕風沙。只是他們騎的那匹老駱駝很不安，不斷的從鼻子噴出氣息。

烏雲正鋪天蓋地而來，氣氛更凝重了。

「風暴，有什麼好怕的？你們知道嗎，一個旅人……」謝平安正想說幾個冷笑話逗大家笑，天空卻在幾秒鐘之間，全暗了下來。

本來驕傲得不得了的太陽，突然間好像圍上一層紗巾，天色像是從中午掉到了黃昏。

他們身邊的空氣開始快速流動，耳邊不斷聽到「刷刷刷」的聲響。愛佳芬覺得口乾舌燥。空氣變熱了，熱風中夾雜著大量的沙子；雖然他們躲在土牆後頭，但是沙子就是能找到他們，在他們身邊打轉。

愛佳芬緊緊閉上眼睛，她的耳朵、鼻孔、眼睛周圍都可以感覺到細沙在流動。這些沙子，就像砂紙一樣打在身上，狠狠的磨擦她的每一寸皮膚。

謝平安緊靠著老駱駝，覺得自己頭昏腦脹加耳鳴。他還可以用衣服把嘴巴耳朵遮住，真不知道老駱駝要怎麼辦？

風暴好像永遠不停歇，時間好像走得很慢很慢很慢。

咻咻咻！

咻咻咻！

有一陣子，謝平安覺得自己快要不能呼吸。

「風暴到底還要多久？」他在心裡默念。

咻咻咻！

咻咻咻！

漸漸的，風聲小了。

漸漸的，呼吸順暢多了。

漸漸的，光線回來了，聲音回來了，空氣也不知不覺清涼許多。

風聲消失後，謝平安被悟空和尚一拉，這才從半埋住他的黃沙堆裡站了起來。

謝平安拍掉身上的細沙，好不容易才睜開眼睛，身旁的愛佳芬也正上下跳著：「好多沙呀。」

土牆另一邊，沙子幾乎快跟土牆等高。瓠盧河口的梧桐樹有幾棵不見了，大概是被風暴連根拔走了。原來的沙丘又變成另一種模樣。

那些駱駝商人也都站了起來。

「遇到沙漠風暴還能平安無事，真是幸運！」悟空和尚看看四周，突然說：「糟了，我們的老駱駝不見了。」

「我剛才還抱著牠。」謝平安說。

「是被風暴吹走了嗎？」愛佳芬問。

「有可能。我們玉門關的人說，就算是沙漠乞丐，也得有匹駱駝；沒有駱駝，怎麼回去？你們在這裡等，我請商隊的人幫忙找駱駝。」

悟空和尚對著駱駝商人們嘰哩呱啦的說了一長串的話，幸好那些商隊的人很友善，他們點點頭，十幾個人就分別騎上駱駝，往不同的方向出發。

商人們很快的爬上沙丘，很快的消失在沙丘的後頭。

本來熱鬧的瓠盧河口，頓時靜了下來，那種靜還真讓人不習慣。

超時空便利貼

唐詩

詩，是唐朝最經典的文學。唐詩三百首，人人耳熟能詳。唐代的大詩人，像是夏夜裡的燦爛星星，值得我們抬頭仰望，由衷敬佩。

孟浩然、王維、李白、杜甫、白居易等，都是唐朝的大詩人；他們的詩，例如李白的〈靜夜思〉、孟浩然的〈春曉〉等，相信你都曾經背過。

唐詩必須寫得規規矩矩，有的四句（絕句）；有的八句（律詩）；有的一句七個字；有的一句五個字。篇幅從最少的二十個字（五言絕句）到最多的五十六個字（七言律詩）都有。好的詩，字字精練，情感豐富，可見好作品是不分長短的。

唐詩也分成很多派，像是田園派、邊塞派、怪誕派，這麼多派別讓唐詩變得多元而豐富，傳唱千年，歷久不衰。

李白有「詩仙」、「詩俠」之稱，活躍於盛唐，為浪漫派詩人的代表。

杜甫被稱為「詩聖」，與李白並稱「李杜」。杜甫一生憂國憂民，他的詩著重社會現實，反映時代的轉變，他因而被譽為「詩史」。

小常識：清朝時的《全唐詩》，收錄唐代兩千兩百多位詩人、四萬八千九百餘首唐詩，更不用說還有遺漏的部分，可見寫詩的風氣在唐朝是非常興盛的。

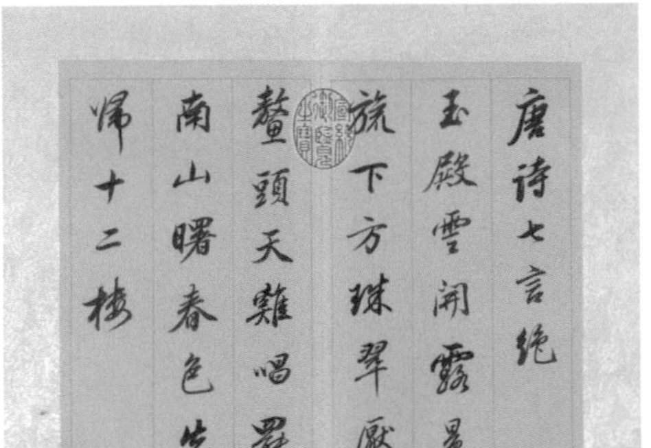

宋周弼編的《三體唐詩》，內容包含三種唐詩體裁：七言絕句、七言律詩和五言律詩。

柒 唐朝詩人陳昇

太陽瞪著黃沙，黃沙瞪著愛佳芬，待不到十分鐘，愛佳芬就覺得無聊。

「我們去幫悟空和尚找駱駝好嗎？」

「不好！」謝平安說：「要是再來一場沙漠風暴怎麼辦？我們下盤西瓜棋，邊下邊等他們，怎麼樣？」

他興沖沖的在地上畫棋盤，心裡得意的想：「不知道唐朝有沒有西瓜棋，如果沒有，哈哈，那我的西瓜棋可是唐朝第一盤。

「對了，還有很多東西在唐朝看不到，像是跳繩、接力棒、呼拉圈，如果我把這些東西都做出來，一定讓這些古代人看得目瞪口呆。說不定我可以開一家店，專賣這些『未來商品』！」

愛佳芬沒有這種「雄心壯志」，她瞪著沙丘，感覺有個不知名的東西在黃色的沙丘上。

「那是什麼呀？」愛佳芬問。

謝平安興高采烈的說：「西瓜棋，你沒玩過嗎？我告訴你，我們如果開了店……」

「不是啦，我是說沙丘上的東西。」

愛佳芬決定去看個究竟。

原本他們騎著駱駝出玉門關，有駱駝代步，不覺得沙漠難走。但是當愛佳芬一腳踏進鬆軟的沙丘，頑皮的細沙立刻跑進她的鞋子裡。她雖然邁開大步走，卻是走一步退半步。看起來很近的沙丘，走了很久，距離好像一點都沒縮短。

「你別亂跑嘛，悟空和尚叫我們等他。」謝平安追了上來。

「我只是來看看這是什麼嘛！」

吸引愛佳芬的，只是一截水藍色的布，它被半埋在黃沙中。

愛佳芬想把布拉起來，但是那塊布出奇的重，底下像是勾著什麼東西。謝平安趕過來，兩人像拔蘿蔔般用力一拉，布拉起來了；只是他們用力過猛，兩個人煞不住車，人就像皮球一樣滾下沙丘。

沙丘很陡，他們一直滾到平坦的地方才停住。

幸好沙子很軟，他們滾到平地也沒受傷。兩人正想站起來，一團水藍色的物體又把他們撞到地上。

「唉唷！」謝平安痛得大叫。

「唉唷！」愛佳芬揉著頭。

「唉唷！」一個留著小鬍子的男人哀號著。

男人的年紀看起來很大，可是仔細看他的臉，好像又沒那麼老。他穿了一身藍，剛才他們拉的，原來是他的衣服。

「你……你是誰呀？」愛佳芬問：「你怎麼被埋在沙裡？」

那人喃喃自語著：「輪臺九月風夜吼，一川碎石大如斗，隨風滿地……」

「喂，我在跟你說話耶！」愛佳芬有點兒生氣。

「我嗎？不好意思，我正在想詩，有什麼事嗎？」男人看起來有點害羞。

「我問，你是誰？」

「喔！我是陳昇，正要到安西都護府就任。」

「你被沙子埋住了，怎麼不爬起來呀？」

「這沙漠風暴吹來的時候，我正想到一首好詩，想把詩吟完，沒想到卻被你們拉出來了。」

「陳昇？」謝平安覺得這名字很耳熟，「你的名字我一定聽過，你是……」

「唉！我是十年只一命，萬里如飄蓬，無名小卒罷了。」他嘆了一口氣。

「你講話好好玩喔。你是背了《唐詩三百首》才出門的嗎？」愛佳芬問。

陳昇搖搖頭：「唐詩三百首是什麼東西？在唐朝，人人都會吟詩，人人都是詩人。說唐詩三百首，太少了吧？光是我寫的詩，就不知道有多少了。」

愛佳芬立刻想到：「既然你是詩人，怎麼跑到什麼都沒有的沙漠？詩人不是應該喜歡更浪漫的場景……」

「詩人也是人呀，只要對生活有感覺，在哪裡都能寫詩！」陳昇難得的笑了。

謝平安突然想到：「不知道你認不認識李白和杜甫？」

捌 我認識李白和杜甫

「李白和杜甫，我當然都認識。」陳昇說。

「太棒了，我們可以去找他們嗎？」謝平安立刻隨口吟詩：「床前明月光，疑是地上霜……」

「李白正在長安幫皇上寫詩，杜甫不知道還在不在洛陽，我當然可以帶你們去，就怕他們不想見你們。」

「為什麼？」愛佳芬問。

「因為我認識他們，他們不認識我呀。」陳昇臉紅了，「我雖然也寫詩，可是寫得還不夠好，真的說起來，只是個名不見經傳的無名小卒。」

謝平安安慰他：「誰說的，我覺得你剛才唸的詩很棒呀。你有沒有最近寫的詩，為我們讀一讀怎麼樣？」

一提起讀詩，陳昇的臉更紅了；他扭捏了半天，才從衣袖裡掏出一張小紙片：「寫得不好，還請多多指教。」

「別客氣啦，請開始唸吧！」

「這……好吧，我獻醜了！」

故園東望路漫漫，
雙袖龍鍾淚不乾……

陳昇唸起詩來很有感情，他只唸兩句，謝平安和愛佳芬不自覺就自動跟他一起把下面兩句唸完：

馬上相逢無紙筆，
憑君傳語報平安。

詩一唸完，三個人都覺得好驚訝。

「我前天才剛把詩寫好，請要回京城的使者代我問候家人。你們……你們怎麼知道這首詩？」陳昇很激動。

「這……這……」謝平安的腦筋一時打結，他總不能告訴陳昇，這首詩是老師指定要他們背的功課吧？

愛佳芬的腦筋轉得快：「我們今天從玉門關出來前，大家都在談論這首詩呀！一定是使者把你的詩唸給大家聽。你真厲害，詩一寫好，大家都能琅琅上口了！」

她嘴裡這麼說，心裡卻覺得奇怪：這首詩她背過，作者的名字叫做陳昇嗎？

陳昇高興得打開背包，拿出一大疊紙，紙上寫滿了詩。

「這首……這首是我在長安寫的，你們會背嗎？」他也不管愛佳芬和謝平安的反應，自顧自的開始唸著：

暮春別鄉樹，
晚景低津樓……

他用很熱切的眼神望著愛佳芬和謝平安，但是他們搖搖頭。

他們只是四年級的學生，唐詩三百首還背不到一半。

「沒關係，我還有一首很有感覺的詩，是送給顏真卿大人的：君不聞胡笳聲最悲，紫髯綠眼胡人吹……」陳昇邊唸邊觀察兩人的反應，愛佳芬和謝平安看著他期待的眼神，只好裝作很陶醉的樣子，邊聽邊點點頭。

「我就知道你們會喜歡。還有這首〈漁父〉，我寫出了……」

這實在不是個討論詩的好地方，因為天氣很熱；但是，愛佳芬和謝平安是很有禮貌的小朋友，所以，還是很有禮貌的聽著陳昇唸詩，一邊希望悟空和尚快點兒回來救他們。

幸好，再多的詩總有唸完的時候，就在太陽幾乎快要掉到地平線的時候……

「不好意思，談到詩，我的興致全來了！」陳昇的意思是：謝謝你們肯聽我唸詩。

「好棒喔！」愛佳芬和謝平安的意思是：喔！終於結束了。

突然，遠方傳來一陣激昂的號角聲。

陳昇放下手上的紙，說：「我該走了，將軍在等我呢！」

「你要去的地方還有多遠？」

陳昇看看遠方，夕陽下，山上的白雪也變成金黃色了。

「很遠很遠。兩位小朋友，我們就此分別了。」

「再見了。」兩人揮揮手。

陳昇又回過頭：「對了，謝謝你們救我。」他在背包裡翻翻揀揀，「這個象鈴送給你們，聽說這是當年玄奘法師從天竺帶回來的。」

那是一個和手掌差不多大的鈴鐺。

「這是象鈴？」愛佳芬問。

「沒錯呀，送給你們當作紀念。」陳昇豪邁的揮揮手，「希望有一天，我們能再見面。」

他跨上馬，一邊向著夕陽走去，口中吟著詩：

走馬西來欲到天，
辭家見月兩回圓。
今夜不知何處宿，
平沙萬里絕人煙。

他吟詩的身影遠了，消失在沙丘的那一端。

愛佳芬還沉浸在他吟詩的意境裡，謝平安突然跳起來大叫：「我知道他是誰了！他是岑參，不是陳昇。」

超時空便利貼

邊塞詩人岑參

岑參是唐朝邊塞詩人的代表。他雖然很努力，考運卻不太好，直到三十歲才考上進士。他第一次當官，就要跟著軍隊到遙遠的西域，擔任安西節度使的判官。

邊塞就是國家領土的最邊緣；在這裡要忍受離家千里的寂寞，要面對野蠻民族與風暴的侵襲，在這麼艱辛的環境下，卻是岑參這一生最精采、創作最多的時期。

岑參曾兩次從長安到邊塞地區駐守，他在那裡待了六、七年，這些生活影響他寫詩的風格。岑參的詩，大多描寫塞外的風光、戰爭的慘烈與出征士兵們壯志未酬的想法。

岑參的詩，意境優美，情懷遠大，常常被人們拿來抄寫和傳誦；不管是平民百姓，還是邊疆地區的蠻夷民族，都很喜歡他的詩。

小常識：唐朝的邊塞詩人，還有高適、王昌齡、王之渙等人。

岑嘉州詩卷之一
五言古詩
送許子擢第歸江寧拜親因寄王大昌齡
建業控京口金陵款滄溟君家臨秦淮傍對石頭城
十年自勤學一鼓遊上京青春登甲科動地聞香名
解褐皆五侯結交盡群英六月槐花飛忽思蓴菜羹
跨馬出國門丹陽返柴荊楚雲引歸帆淮水浮客程
到家拜親時入門有光榮鄉人盡來賀置酒相邀迎
閑眺北固樓一作登江樓又云因登樓醉眠湖上亭月從海門出
照見茅山青昔為帝王州今幸天地平一作天下平五朝作一
朝變人世千載空江聲玄元告靈符丹洞獲其銘皇

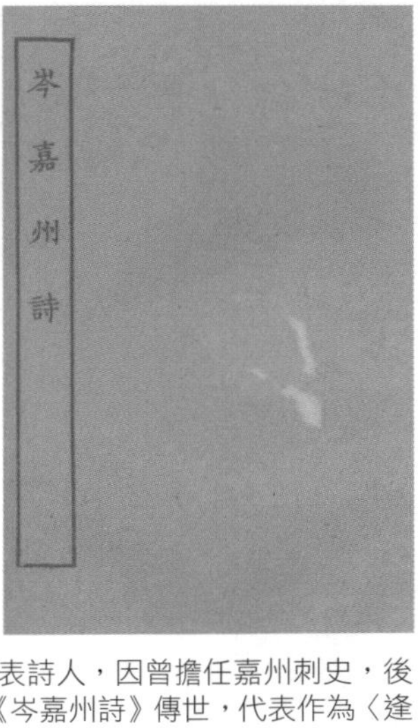

岑參是盛唐邊塞詩派最主要代表詩人，因曾擔任嘉州刺史，後人稱其為「岑嘉州」。有詩集《岑嘉州詩》傳世，代表作為〈逢入京使〉、〈走馬川行奉送封大夫西征〉等。

玖 象鈴的祕密

「他是岑參，唐朝有名的邊塞詩人。」謝平安激動的說。

「你怎麼知道？」愛佳芬很驚訝。

「昨天國語課老師說的嘛，而且，今天早上我還在背他的詩呢！不信，你聽——逢入京使，唐岑參……」

「好好好，那這個鈴鐺……」

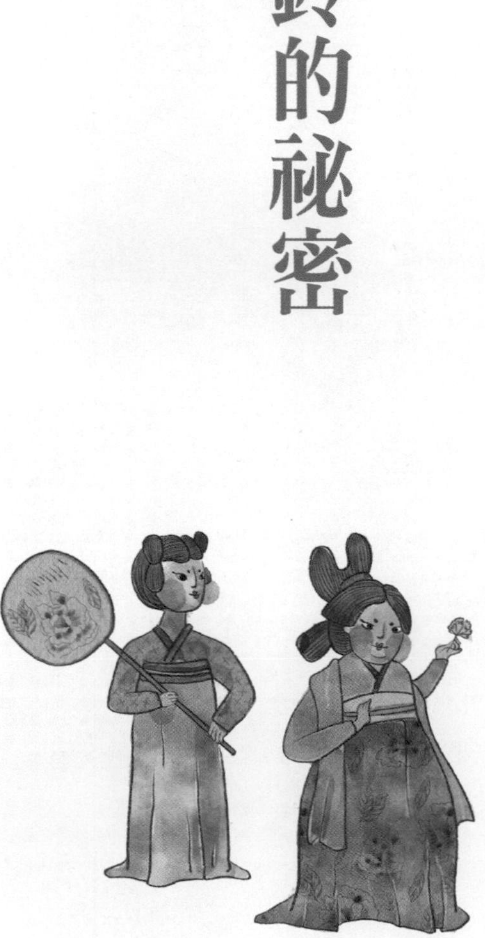

「不是鈴鐺，是象鈴。」謝平安糾正她。

「對，是象鈴，這個象鈴會不會是……」愛佳芬把它拿起來瞧個仔細。

那是一個銅製的鈴鐺，上頭還用一條紅色的絲線綁著；鈴鐺大而精巧，正面還有孔雀和牡丹的圖案。

「就是它，」愛佳芬大叫，「是它送我們來唐朝的。」

「它一定也能送我們回去。」謝平安跟著大叫。

他們手勾手在沙地上跳著。遠遠的沙丘，出現幾個人影——是悟空和尚他們回來了。

「我找到駱駝了。」悟空和尚喊著。

「我們也找到了。」謝平安拿著象鈴揮舞著。

象鈴在陽光下，好像會發光似的。

「什麼？」悟空和尚大聲問。

「象鈴。」愛佳芬和謝平安同時大喊。

距離太遠，悟空和尚還是搖著頭：「什麼？」

老駱駝開始小跑步，朝兩人的方向靠近。

愛佳芬手裡的象鈴，也跟著鈴鈴的響了起來。

「不會吧，我們還要跟悟空和尚道別耶。」愛佳芬大叫。

悟空和尚愈跑愈近，兩人幾乎可以聽到駱駝的鼻息。

鈴鈴鈴鈴。

鈴鈴鈴鈴。

風聲嘶嘶的響起，莫名的風，從四面八方吹來。

鈴聲愈來愈快，讓人心神不寧；鈴聲中，風吹沙動，沙影蔽天。

難道又是另一場沙漠風暴？

他們急忙趴在地上，準備迎接另一陣狂風吹襲。

這陣風吹了很久很久，直到光線又回到大地，風漸漸平息。

等愛佳芬重新睜開眼睛，悟空和尚、沙漠都不見了。

沙啦沙啦，是風吹過松林的聲音——他們又回到玄奘寺裡。

愛佳芬搖搖象鈴：「它又沒聲音了。」

「別淘氣了，那是玄奘法師的法器。」玄章老師出現在他們身後。

「可是它剛剛有響，還帶著我們回到唐朝。」愛佳芬激動的說。

「唐朝？」玄章老師搖著頭，「又來了，前幾天你們說你們去過

秦朝，今天又去唐朝？」

他的臉上浮現一絲似笑非笑的表情：「我猜猜，你們一定遇到楊貴妃，不然就是李白？」

「哇！老師你好厲害——猜錯了！我們只去了玉門關，聽說那裡離長安還有幾千里；我們還碰到要進京的美女，雖然她很胖，可是在唐朝都是……」

「好好好，你慢慢說，反正回到可能小學還要很久，你可以慢慢說。不過……」玄章老師看了愛佳芬一眼，「你先把象鈴放在櫃子上，被寺裡的師父們看見就不好了。」玄章老師的眼裡，藏著耐人尋味的笑意。

愛佳芬看看象鈴，又搖了一下，象鈴無聲無息，彷彿從來就不曾響過。

「好了，你說吧！」玄章老師開口：「唐朝嘛，一個壯麗的朝代，有什麼新鮮事呀？」

「哇，老師你不知道，我和愛佳芬碰到三個很好笑的和尚……」

謝平安的聲音有點吵，吵得寺外的青蛙受不了，牠們撲通撲通的紛紛跳進潭裡。潭裡，映著藍天，和玉門關外的藍天一樣的潔淨呢！

絕對可能會客室

你背過《唐詩三百首》嗎？想不想知道唐詩怎麼產生的？唐朝的美女都很胖，你知道為什麼嗎？聽說唐太宗有三面鏡子，不是他愛美，那是為什麼？玄奘和唐三藏是同一個人嗎？這麼多疑問，讓我們歡迎唐朝特使「唐唐」到會客室現場，請他為大家說清楚、講明白。

玄奘是不是唐三藏？

：唐唐，你是唐朝通，請教你：有人稱玄奘法師為唐三藏，到底他們是不是同一個人？

：這個問題問得好。其實唐三藏就是玄奘，「玄奘」是他出家的法號，「三藏」是大家對他的尊稱。

：那為什麼是唐「三」藏，而不叫四藏、五藏或是西藏？

：「藏」在梵文裡，指的是放物品的箱子，有無所不包、包羅萬象的意思。而「經」、「律」、「論」是佛經裡的三藏，只有通曉三藏的僧人才能被尊稱為「三藏法師」。當年唐太宗在玄奘翻譯的佛經上寫〈大唐三藏聖教序〉時，稱玄奘為「大唐三藏」，從此之後，大家就稱玄奘為唐三藏了。

玄奘是偷渡客？

：聽說唐太宗本來不肯讓玄奘去取經，為什麼他後來變得很尊敬玄奘？

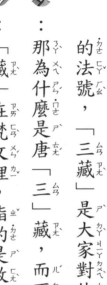

：玄奘在唐太宗貞觀初年，向官府請求讓他去天竺，可是官府不答應。他只好偷渡玉門關，經過高昌國，最後到達印度。玄奘在天竺受到各界的注目，十九年後，他還沒回國，名氣早已傳回國內，連唐太宗都想見他。他回國時，唐太宗還要求文武百官、全城寺院的僧眾在道路兩旁迎接他呢。

：玄奘的行為像偷渡客，居然還這麼風光呀？

：還不只呢。唐太宗見到玄奘時，發現玄奘的學識淵博，足以擔任宰相的工作，就勸他別當和尚，要他還俗與皇帝共同治理天下。幸好玄奘法師一直推辭，不然，佛教史上會少了一位高僧，唐朝的歷史還得重新改寫呢。

唐太宗最愛照鏡子？

：唐太宗是個英明的皇帝，我們老師說他有三面鏡子，要我們向他學習。可是一個皇帝天天照鏡子做什麼呀？

：不是這個意思啦。唐太宗治理期間，是唐朝國力最鼎盛的時期，因為他願意聽從臣子的勸諫。有個臣子叫做魏徵，時常指出太宗做錯的事，讓太宗氣得發狂。可是魏徵死後，他難過的告訴其他臣子：一個人用鏡子照自己，可以端正儀容；用歷史當借鏡，能夠知道歷史的興衰；用人當鏡子，才能知道自己的得失過錯。

：所以魏徵一死，太宗就少掉一面「人」鏡，難怪他那麼難過。

玄奘的結拜兄弟

：你剛才說玄奘經過「高昌國」，那是哪一國呀？

：高昌國離玉門關不遠，現在已經被風沙掩埋。玄奘當年到高昌，那裡還很繁榮。高昌的國王麴文泰很欣賞玄奘，希望他能永遠住在高昌。

：那好呀，住在皇宮，吃好的、喝好的，真是痛快。

：可惜玄奘不是你，他只想去天竺取經，不肯留下來。麴文泰威脅他：「如果你不留下來，我就把你送回長安。」

：玄奘法師怎麼說？

：玄奘法師不但不怕，還絕食三日，以表示他去天竺的決心。麴文泰看他的意志那麼堅決，最後只求能和玄奘結為異姓兄弟，讓他在高昌多講一個月的佛法。臨走時，又送他許多衣服、食物和馬匹呢。

玄奘翻譯社

：玄奘法師去西天取經，這一趟他到底帶回多少經書呀？

：玄奘法師取經回來後，從天竺帶回六百五十七部經卷。接下來的十九年，他總共翻譯了經、律、論七十五部共一千三百三十五卷，比歷史上著名的五大翻譯家（鳩摩羅什、真諦、法護、義淨、不空）所譯的經書總和一千兩百二十二卷，還要多出一百一十三卷。

：玄奘這麼厲害，一個人譯的比五個人譯的還多？

：所以大家才這麼尊敬他。玄奘法師所譯的佛經，占了隋唐譯經總數兩千四百七十一卷的百分之五十三，每年平均翻譯七十卷。而且他在天竺的時候，還把道教的經典《道德經》翻成梵文，讓印度人可以讀《道德經》，認識中華文化。你說，他在東西文化交流史上，貢獻大不大？

玄奘的頭骨之謎

：日月潭玄奘寺，真的藏有玄奘法師的頭骨嗎？

：這說起來很複雜。

：那你就長話短說嘛！

：玄奘法師過世之後，本來葬在白鹿原，又遷葬到興教寺；後

來碰到戰亂，他的遺骨又被輾轉送來送去，最後被移到南京大報恩寺安葬。第二次世界大戰時，日本占領南京後，把玄奘的頭骨帶回日本，直到一九五五年才送了一小部分頭骨到日月潭玄奘寺。

：原來玄奘寺裡的頭骨是真的。

：那也不一定。因為玄奘法師的遺骨經過這麼多次的遷移，不管是宗教界還是學術界，現在各有各的看法，而且誰也不讓誰。有的人說他的遺骨在長安，有的人說其實仍在南京，甚至有人說他的遺骨還埋在地下，日本人拿回去的是假的。所以，你們告訴我好了，怎麼說才不會複雜？

：嗯……這個……果然好複雜喔！

大家都來信佛教？

：玄奘法師取經回來後，唐朝的人都改信佛教了嗎？

：不，唐朝的國教是道教，信道教的人應該多一點。

：為什麼？

：李淵建立了唐朝，所以唐朝又稱為李唐。他們自稱是道教祖師李耳（就是老子）的後裔，建國之後格外推崇道教，就把道教定為國教。

：那佛教怎麼辦呢？

：別擔心嘛。唐朝三教盛行，分別是儒、釋、道。佛教在唐朝時已經很盛行，再加上玄奘法師取經歸來，也讓佛教成了百姓的信仰之一。直到現在，到處都有道教的廟宇，也有佛教的寺院喔。

：今天很謝謝唐唐到絕對可能會客室。

：希望還有機會再請你到會客室，讓大家更了解唐朝的故事。

絶對可能任務

第1題 這是唐朝長安旅遊團的招遊廣告，哪裡寫錯了？

長安四日遊：精采景點大放送

延請專業導遊岑參先生（擁有四十年導遊資歷，保證知性、感性全收）

車遊長安城牆 ・ 故宮吃御膳

陽明山洗溫泉 ・ 大雁塔登塔遊

特別安排

聽李白吟詩，每位客人奉上美酒一杯

觀賞楊貴妃娘娘訓練出來的舞團跳〈霓裳羽衣曲〉

前五十位報名者，每位客人奉送精美宋詞詞集一本

參考解答：「故宮」吃御膳，正解為大明宮（唐皇宮）；「陽明山」洗溫泉，正解為華清池；每位客人奉送精美「宋詞詞集」一本，應為唐詩詩集。

第2題

唐三彩是唐朝時最重要的藝術創作，請看看這兩張圖，找出五個不同的地方，把它圈起來。

第3題

玉門關是唐朝對外貿易重要的地方，到處都是市集小販，來自番邦與長安的商品大交匯，但裡頭有五樣東西不屬於唐代，你能找出來嗎？

解答：相機、雨傘、眼鏡、時鐘、腳踏車

作者的話

有這麼一種課程

那時，我還是小孩子。坐在教室，聽著社會課老師上課。

社會不像國語，國語課能玩成語接龍，寫寫童話。

社會不比自然，自然課常到校園抓青蛙，看小花。

社會也不比美術課，美術課可以捏泥巴，發揮想像力，在紙上塗塗畫畫。

我暗暗發誓，有朝一日當老師，絕對要把社會課教得生動又有趣，讓小朋友都愛上它。

時間飛逝，歲月如梭，眨眼間，我已經長大，真的變成老師，也教起社會。

社會領域很寬廣，它包含歷史、地理和公民。

歷史在遙遠的時間那頭；地理在寬闊的空間那邊；公民教的某些東西，鄉下沒有。

有的課，我可以放錄影帶；有的課，我可以拿掛圖；有的課，我們可以玩角色扮演。但是更多的課，我還是一樣要比手劃腳、口沫橫飛。

雖然我極力想改變，但是，一切好像都很難轉變。

這讓我想到，如果能把知識變成生活，小朋友親身經歷一遍，根本不必我來講，小朋友一定能記得牢，對不對？

這又讓我想到，為什麼不辦一所這樣的學校？

「可能小學」，它立刻在我腦裡閃呀閃呀，金碧輝煌的朝我招手。

在可能小學裡，什麼事都是有可能的。

「歷史」是我最先想到，現實無法重演的課。

像是秦朝，兵強馬盛但是律法嚴苛。犯人抓太多，抄寫名錄的隸官將文字偷減筆畫，簡化後的字，不管是隸書、楷書、行書，都是從那時之後才大勢底定，源遠流長直到千年後。

所以，你想不想到秦朝去看看，感受一下秦代的氣氛，體會一下古人的生活？絕對比坐在課堂裡還要精采一百倍。

唐朝是中國古代盛世，但是，到底有多興盛呢？

單單以長安城來說，就住了上百萬的人口。這上百萬人要喝水，得有多大的水庫呀？要吃飯，得運來多少的稻米呀？

連大便坑都得準備幾十萬個，夠偉大了吧！

那時，世界上有很多人都想到中國，中國的留學生玄奘卻反其道而行，經過陸上的絲路，千里迢迢去印度取經，從此，梵音繚繞，直到今天。

到唐朝享受那種國際化的感覺吧！

明朝的鄭和下西洋，比哥倫布早了幾百年。哥倫布發現新大陸，歐洲人從此在美洲大陸占地為王，滅了印加文明；鄭和航行到非洲，帶著媽祖與各國建立友好關係，幾個國王甚至隨他回南京，願意葬在中國，這又是怎麼回事？

海上的絲路，陸上的絲路，交相輝映，那是我們不可不知的歷史。

還有一條運河，也很精采。大家一定聽過楊貴妃吃荔枝，必須用快馬傳送，才能在賞鮮期限前送到長安城。

可是古代的稻米如果要這麼送來轉去，絕對會累死幾萬頭可憐的馬匹、牛隻。養馬很貴，牛車很慢，古人動腦想到運河，經過上千年的挖掘，終於挖成一條全世界最長的京杭大運河。

有了這條河，南方、北方暢行無阻；有了這條運河，康熙、乾隆皇帝才能常到江南去品美食，賞美景。

到清朝搭船遊一段運河吧！感受江南的風光，看看乾隆皇帝為什麼亂蓋印章，哈，絕對有趣！

這是沒有教室的課程，這是感受真實生活的課程，推薦給你，希望你能學習愉快，收穫豐足。

還等什麼呢？把書打開，跟著謝平安、愛佳芬回到古國去吧！

推薦文一

從歷史學習智慧

◎中央大學認知神經科學研究所創所所長　洪蘭

歷史是每一個民族的根本，它是一個歷程，記錄這個民族從甲到乙時間和空間上所發生的事。每一個民族都很注重它的歷史，如果沒有史，編也得編一個出來，以向後人交代祖先是怎麼來的。像臺灣這樣不注重史，還要去之而後快，真是千古少有。沒有根的樹是活不長的，看到現在政府用公權力大力的讓子民遺忘祖先的故事，真是深以為憂。

俗語說「兒不嫌娘醜」，不管過去的歷史是如何不堪，都應該珍惜它；它是「己身所從出」，是祖先走過的痕跡，飲水要思源，不可忘本。孔子說：「見賢思齊，見不賢而內自省。」歷史不可隱藏也不可抹煞。「在晉董狐筆」就是史官最好的典範，更何況我們有著全世界獨一無二的輝煌燦爛歷史，我們怎麼可能不叫孩子去讀自己的歷史，不讓他知道自己的祖先曾經創造出連現代高科技都做不出來、像馬王堆出土的蠶薄紗的文明？

不讀史，無以言

孩子的成長過程需要一個榜樣，好讓他立志效法，「養天地正氣，法古今完人」曾是我們教育孩子的準則。歷史上有這麼多可歌可泣的榜樣，我們希望孩子長大成為正直有志節的人，現在卻為了意識型態，畫地為限，在渡黑水溝以前的歷史，統統不教了，把祖先留給我們最珍貴的文化遺產，一盆水全潑了出去，我深覺可惜。

很多人覺得現在的年輕人膚淺，一問三不知，只會追星、穿名牌。細想起來，這是我們的錯，怎能怪他們？孔子說：「不讀詩，無以言。」我更認為「不讀史，無以言」，是我們沒有好好教育他們，沒有給他們深度。所以現在看到也有人感覺到孩子不讀史的危險，願意寫歷史，出版歷史給孩子看，做為一個知識分子，我怎能袖手旁觀，不盡一份棉薄之力呢？

唐太宗曾說：「以銅為鏡，可以正衣冠；以古為鏡，可以知興替；以人為鏡，可以明得失。」千百年來，物換星移，滄海桑田，只有人性未變，讀史正是可以知興替，可以使自己不重蹈前人的覆轍。歷史教我們的其實就是智慧。我常覺得一個學校中，最重要的是歷史老師，一個會說故事的歷史老師可以兼教公民課程，他可以用說故事的方式將倫理、道德、價值觀帶給學生。只要把學生讀史的興趣帶起來，讓孩子自己去讀史，讀多了，國文程度會好，因為了解典故就會用成語和比喻，就可以增加文章的文采；語文能力好了，學別的科目也容易了。

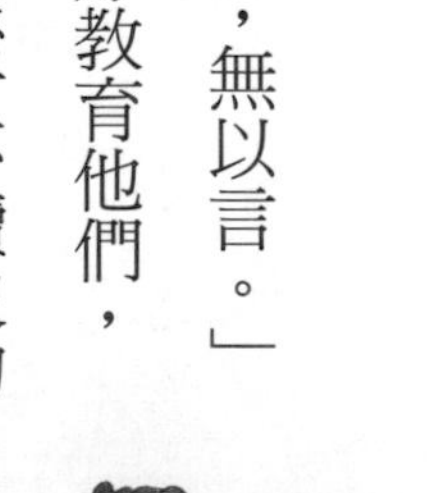

這套書用孩子最感興趣的時光機器把孩子帶回古代，讓他們身歷其境去體驗古人當時的生活。例如在秦朝只有犯人才會剃頭、剃鬍，難怪我們看到的兵馬俑

都是留著大鬍子。

因了解而得到的知識是長久的，但願我們的孩子都能從歷史中去認同我們的祖先，了解他們一代一代的哲學思維與藝文的創意，以他們所成就的人類文明為榮。

推薦文二

一趟文化之旅

◎前臺東大學兒童文學研究所所長　張子樟

王文華這四本【可能小學的歷史任務Ｉ】系列（《秦朝有個歪鼻子將軍》、《騎著駱駝逛大唐》、《跟著媽祖遊明朝》和《搖啊搖，搖到清朝橋》）是所謂的「歷史故事」的一種：藉虛構的男女主角回到從前的某個時空，此時空的人物確實存在於歷史記載中，當時的人事物的敘述必須精確，出現的確實是存在的昔日人物，但只是配角，文物的描繪也必須恰如其分，不可任意杜撰。可以虛構的部分只有情節，例如

今人與古人在過去時空中巧遇，形成另一套故事。

作者選取了中國歷史上的四個重要朝代：秦、唐、明、清。這四個朝代武功鼎盛、與外族接觸也相當頻繁，因此文化交流不斷，催生新的文化。當然，與外族接觸不見得完全是主動，有時是大環境所逼，不得不去面對，尤其在每個盛世步向衰微之時，這點清末時期最為明顯。幸好作者選取的是清初國力強盛的乾隆年代，這種顧慮也就自動消除了。

閱讀的三個基本功能

專家學者認為給兒童閱讀的書籍有三個基本功能：提供樂趣、增進了解，與獲得資訊。他們強調，童書的書寫內容必須以樂趣為主，先吸引孩子主動打開書本，然後再從樂趣的描述中帶入「了解」與「資訊」的相關訊息。

細讀這套書，我發覺這三種功能可以並列，沒有先後之分，可以同時達成。四本書的趣味性都很高，但在閱讀當中，作者隨時加入類似「視窗」的「超時空便利

貼」（好炫的名字！），增加讀者對故事背景安排的了解，當然同時也提供了不少相關資訊。最後透過「絕對可能會客室」的問題與討論，試圖澄清、說明或解釋該朝歷史最容易被現代人誤會或誤傳的部分，使小讀者看完故事後，同時達成閱讀的三個重大功能。作者用心良苦，值得稱讚。這些隨時補充的有趣歷史小知識，能讓孩子充分理解透過「看故事」而「學歷史」的過程與意涵。

老少三主角

這套書的重要角色有三：謝平安、愛佳芬與玄章老師。謝平安與愛佳芬就像一般的小四男女生一樣：求知欲強，對周遭的一切變動的或不變動的人事物都十分好奇，愛現以力求表現，喜歡動手動腳，觸碰「不應該」觸碰的東西，例如竹尺、象鈴、平安符、茶匙這些連接現在與過去之間的「鑰匙」，然後到相關的朝代冒險走一趟。雖然險象環生，但絕對不致於險遭不測，不然的話，謝平安、愛佳芬哪有機會繼續闖蕩中土、穿梭各個朝代？王文華老師的故事也就沒辦法再說下去了。

或許有人會問：故事中竹尺、象鈴、平安符、茶匙這些所謂的「鑰匙」，與西方奇幻故事中的「過門」（threshold）是否一樣？依據學者的說法，「過門」是介於「第一世界」與「第二世界」之間的一道關卡或通道。「第一世界」指上帝創造的我們生活的現實世界，而「第二世界」則是作家虛擬的空間，所以我們翻開《魔戒》或《龍騎士》時，會發現一張作者繪製的地圖、一個我們現存世界找不到的地方。如果故事熔現實與奇幻於一爐時，「過門」就得出現了，例如衣櫥（《納尼亞傳奇》）、月臺（《哈利波特》）、書（《說不完的故事》）等。然而「可能小學」這套書的「鑰匙」雖有「過門」功能，但謝平安、愛佳芬闖入的空間確實存在過，他們是藉這些「鑰匙」回到過去，與古時名人過了一段有趣冒險的生活，「鑰匙」的功能比較接近《湯姆的午夜花園》中，那道湯姆在午夜鐘敲十三響時推開通往花園的門。

看完了上面這段「超時空便利貼」後，我們不能忘了書中另一個關鍵人物——玄章老師。表面上，他是一位上起課來可以讓學生昏昏欲睡的古板老師，可是他一帶動「戶外教學」時，精神就來了，有若另一個老師。謝平安和愛佳芬常在另一時空裡找到這位老師的「影武者」（如秦朝的秦墨、明朝的大鬍子叔叔等）。讀者思考一番後，不難發現他似乎扮演了「智慧老人」的角色。當然，如果認定玄章老師是作者的化身，也未嘗沒道理。

文化之旅的滋味

就字數而言，這套書的層級比一般橋梁書稍高，但內容適合國小中、高年級與國中一、二年級閱讀。這套幽默、有趣的好書，讓我們隨著謝平安和愛佳芬到中國四大朝代盛世遊歷一番，見識固有文化高貴優雅的一面。

我們徜徉於兵馬俑、唐詩、佛經、對聯、船隊這些文化積澱的同時，也領略到作者非凡的改寫能力（如《西遊記》的互文奇思）。我們一邊快樂閱讀、一邊用力思索，腦海中不時浮現一幅幅由文字轉化而成的動畫：沙漠上的駱駝鈴聲、繁華京城的鼎沸人聲、運河上行駛的船隻、大海上揚威異域的船隊……似乎在我們眼前一一閃過。藉由書中的竹尺、象鈴、平安符、茶匙，我們隨著兩位可愛頑皮的小四

生，分享了他們驚險有趣的旅程，滿載而歸。原來，文字推介的文化之旅是如此令人興奮難忘！

★ **最嚴謹的審訂團隊**：延請中興大學歷史系教授周樑楷、輔仁大學歷史系助理教授汪采燁審訂推薦，為孩子的知識學習把關，呈現專業的多元觀點。

★ **最具主題情境的版面設計**：以情境式插圖為故事開場及點綴內文版面，讓孩子身入其境展開一場精采的紙上冒險。

★ **最豐富有趣的延伸單元**：

- 「超時空翻譯機」：以「視窗」概念補充故事中的歷史知識，增強孩子的歷史實力
- 「絕對可能會客室」：邀請各文明的重要人物與主角對談，透露不為人知的歷史八卦頭條
- 「絕對可能任務」：由專業教師撰寫學習單，提供多元思考面向，提升孩子的邏輯思考能力

《決戰希臘奧運會》

鍋蓋老師把羅馬浴場搬進校園當成學生的水上樂園，卻發現水停了。劉星雨和花至蘭被指派到控制室檢查水管管線，一陣電流竄過身體，他們發現自己來到古羅馬浴場！他們被迫參加古羅馬競技賽，這下該如何安然躲過猛獸的攻擊呢？

《亞述空中花園奇遇記》

鍋蓋老師執導的古文明舞台劇「兩河流域：肥沃月灣」在水塔劇場公演。劉星雨上台表演前在布幕後睡著了。醒來時，發現置身於一個奇妙的空中花園，還遇到亞述國王正在獵第三百頭雄獅。戰火不斷的亞述帝國還有更多奇遇……

《勇闖羅馬競技場》

為了奪得運動會冠軍，劉星雨與花至蘭出發尋找尋寶單上的五個希臘大鬍子男人；才剛通過夜行館的門，兩人卻發現廣場上有正在被老婆罵的蘇格拉底！雖然順利完成任務，卻也被當作斯巴達的奸細，遭到雅典人的追捕……

《埃及金字塔遠征記》

花至蘭和劉星雨拿著闖關卡，準備參加埃及文化週總驗收。才剛踏出禮堂，兩人立刻被埃及士兵綁架，準備獻給尼羅河神。劉星雨還被埃及祭司認定是失蹤多年的埃及小王子！他該如何證明自己的身分，回到可能小學呢？

全系列共 **4** 冊，各冊 **280** 元。

可能小學的西洋文明任務

結合超時空任務冒險 ╳ 歷史社會學科知識，放眼國際，為你揭開西洋古文明的神祕面紗！

「什麼都有可能」的可能小學開課囉！
社會科鍋蓋老師點子多，愛辦活動，
這次他訂的主題是「西洋古文明」──
學校禮堂是古埃及傳送門，尼羅河水正在氾濫中；
在水塔劇場演舞台劇，布幕一換，來到了烽火連天的亞述帝國！
動物園的運動會正在進行，跑著跑著，古希臘奧運會就在眼前要開始了；
老師把羅馬浴場搬進學校，沒想到，真實的古羅馬競技卻悄悄上演……

系列特色

★ 最有「哏」的校園冒險故事：結合快閃冒險 X 時空穿越 X 闖關尋寶，穿越時空回到西方古文明，跟著神祕人物完成闖關任務！

★ 最給力的世界史入門讀物：補充國小階段世界史知識的不足，幫助學生掌握西洋古文明的發展脈絡及重點，累積國中歷史科學習的先備知識。

任務

歷史百萬小學堂，等你來挑戰！

系列特色

1.暢銷童書作家、得獎常勝軍、資深國小教師王文華的知識性冒險故事力作。
2.融合超時空冒險故事的刺激、校園生活故事的幽默，與台灣歷史知識，讓小讀者重回歷史現場，體驗台灣土地上的動人故事。
3.**「超時空報馬仔」**單元：從故事情節延伸，深入淺出補充歷史知識，增強孩子的台灣史功力。
4.**「絕對可能任務」**單元：每本書後附有趣味的闖關遊戲，激發孩子的好奇心和思考力。
5.國立成功大學台灣文學系教授、前國立台灣歷史博物館館長吳密察專業審訂推薦。
6.國小中高年級～國中適讀。

學者專家推薦

我建議家長們以這套書為起點，引領孩子想一想：哪些是可能的，哪些不可能？還有沒有別的可能？小說和歷史的距離，也許正是帶領孩子進一步探索、發現台灣史的開始。

—— 國立成功大學台灣文學系教授 **吳密察**

「超時空報馬仔」單元，把有關的史料一併呈現，供對照閱讀，期許小讀者認識自己生長的土地，慢慢養成多元的觀點，學著解釋過去與自己的關係，找著自己安身立命的根基。

—— 國立中央大學學習與教學研究所教授 **柯華葳**

孩子學習台灣史，對土地的尊敬與謙虛將更為踏實；如果希望孩子「自動自發」認識台灣史，那就給他一套好看、充實又深刻的台灣史故事吧！

—— 台北市立士東國小校長 · 童書作家 **林玫伶**

可能小學的歷史任務 I：

騎著駱駝逛大唐

作　　者｜王文華
繪　　者｜林廉恩

責任編輯｜李幼婷、楊琇珊
特約編輯｜許嘉諾
美術設計｜也是文創有限公司
行銷企劃｜陳雅婷

發行人｜殷允芃
創辦人兼執行長｜何琦瑜
副總經理｜林彥傑
總監｜林欣靜
版權專員｜何晨瑋、黃微真

出版者｜親子天下股份有限公司
地址｜台北市 104 建國北路一段 96 號 4 樓
電話｜（02）2509-2800　傳真｜（02）2509-2462
網址｜ www.parenting.com.tw
讀者服務專線｜（02）2662-0332　週一～週五：09:00~17:30
讀者服務傳真｜（02）2662-6048
客服信箱｜ bill@cw.com.tw
法律顧問｜台英國際商務法律事務所・羅明通律師
製版印刷｜中原造像股份有限公司
總經銷｜大和圖書有限公司　電話：（02）8990-2588

出版日期｜ 2008 年 1 月第一版第一次印行
｜ 2021 年 4 月第二版第八次印行
定　　價｜ 280 元
書　　號｜ BKKCE022P
ISBN ｜ 978-957-9095-31-0 (平裝)

國家圖書館出版品預行編目資料

騎著駱駝逛大唐 / 王文華文 ; 林廉恩圖 . -- 第二版 . --
臺北市 : 親子天下 , 2018.02
144 面 ; 17 X 22 公分 . -- (可能小學的歷史任務 . I ; 2)
ISBN 978-957-9095-31-0(平裝)

859.6　　106025545

圖片出處：

p. 23 攝影 / 莊信賢
p. 47 By 张骐 (Own work) [CC BY-SA 3.0, via Wikimedia Commons
p. 58 國立故宮博物院
p. 59 By Unknown artist of Liao Dynasty (Liao Tomb of Mountain Pao) [Public domain], via Wikimedia Commons
p. 60-61 繪圖 / 蔣青滿
p. 84 By Unknown [Public domain], via Wikimedia Commons
p. 85 國立故宮博物院
p. 103 By Cen Can [Public domain], via Wikimedia Commons